आज...

दिव्या चौहान

Copyright © Divya Chauhan
All Rights Reserved.

This book has been self-published with all reasonable efforts taken to make the material error-free by the author. No part of this book shall be used, reproduced in any manner whatsoever without written permission from the author, except in the case of brief quotations embodied in critical articles and reviews.

The Author of this book is solely responsible and liable for its content including but not limited to the views, representations, descriptions, statements, information, opinions and references ["Content"]. The Content of this book shall not constitute or be construed or deemed to reflect the opinion or expression of the Publisher or Editor. Neither the Publisher nor Editor endorse or approve the Content of this book or guarantee the reliability, accuracy or completeness of the Content published herein and do not make any representations or warranties of any kind, express or implied, including but not limited to the implied warranties of merchantability, fitness for a particular purpose. The Publisher and Editor shall not be liable whatsoever for any errors, omissions, whether such errors or omissions result from negligence, accident, or any other cause or claims for loss or damages of any kind, including without limitation, indirect or consequential loss or damage arising out of use, inability to use, or about the reliability, accuracy or sufficiency of the information contained in this book.

Made with ♥ on the Notion Press Platform
www.notionpress.com

क्रम-सूची

भूमिका

आज दिल ने मुझसे बात की और मैंने लिख दिया , अब आप के दिल तक पहुंचे ये उम्मीद है मुझे ...

~ दिव्या चौहान

1

रामलीला

आज एक दोस्त के घर हम सब पहुँच गए। हमारा शोर सुनकर उसके दादा जी हमारे पास आ बैठे, और हमारे आग्रह करने पर उन्होंने हमारे साथ अपने पुराने दिन साझा किए।

"अरे बच्चों, हमारे ज़माने की बात कुछ अलग ही थी। वो सादगी और भोलापन अब कहाँ? दशहरे और दिवाली के दिन थे, हम सब रामलीला देख कर घर लौट रहे थे। हरिया काका की दुकान, जो की हमारे मोहल्ले के नुक्कड़ पर थी, हमारी रोज़ाना की गपशप की गवाह थी। उनकी दुकान का बादाम वाला दूध पिए बिना तो जैसे हमें नींद ही नहीं आती थी। उस दिन हम सबने अपना अपना दूध का कुल्हड़ लिया और लगे हरिया काका को रामलीला सुनाने।

हममें से एक ने कहा 'अरे काका, आज तो बड़ा ही मज़ा आया!'

अभी बात शुरू ही हुई थी, कि वहाँ चार लोग और आ बैठे। वो भी अपना कुल्हड़ लिए हमारी बात सुनने लगे।

काका ने कहा, 'हाँ बेटा, फिर क्या हुआ रामलीला में?'

'काका आज तो गज़ब हो गया, स्टेज पर लक्ष्मण जी की मुर्छा का दृश्य चल रहा था। अब हनुमान जी को पर्वत लेकर आना था, और पर्वत कहाँ रखा है ये लक्ष्मण जी को ही पता था। अब स्टेज के पीछे से एक आवाज आई 'अरे भई पर्वत कहाँ रखा है?'

बस लक्ष्मण जी अचानक बोल पड़े 'बाबा के कमरे में!' बस इतना कहने की देर थी कि सभी दर्शक हँस हँस कर लोटपोट हो गए।

हरिया काका भी जोर जोर से हँसने लगे, तभी पास बैठे उन चार सज्जनों में से एक उठकर हमारे पास आए और बोले 'दरअसल, मैं भूल गया था कि मैं मूर्छित हूँ।' हम सब एक दूसरे की तरफ अचम्भित देखने लगे और इस बार काका ताली मार मार कर हँस रहे थे।"

2

संगीत

आज हाथ में कॉफ़ी का कप और चेहरे पे प्यारी सी मुस्कान लिए मृदुला खिड़की से बाहर देख रही थी।

अचानक दरवाज़ा खुलने की आवाज़ ने उसे चोंका दिया, "क्या काका, आपने तो डरा ही दिया, ख़ैर आज कॉफ़ी में क्या डाला है? कुछ अलग ही बात है।"

"अरे बिटिया, बात कॉफ़ी में नहीं आपके मूड में है। सुबह उस फ़ोन के आने के बाद से ही आप चहक रहीं हैं।

"हाँ काका, ये पेंटिंग, ये फ्लावर वास, ये सब कुछ नया और अच्छा लग रहा है। उस एक फ़ोन ने मेरी ज़िन्दगी में संगीत भर दिया। आप तो जानते ही हैं, कि मैंने अपना पुश्तैनी घर बेच कर ये छोटा घर लिया, क्योंकि मैं अपने सपने को आकार देना चाहती थी। मैंने पाँच साल की उम्र से वायोलिन बजाना सीखा, माँ-बाबूजी को बड़ी मुश्किल से इस शहर में रहने को मनाया। जो घर उन्होंने मेरी शादी के लिए रखा था, उसे बेच कर ही मैं इतने बड़े म्यूज़िक स्कूल में एडमिशन ले सकी और उसके बाद भी, मैं अब तक, माँ-बाबूजी को अपने पास नहीं बुला सकी।

लेकिन आज जिस म्यूज़िक स्कूल से मुझे जॉब ऑफर आया है, वो देश का सबसे बड़ा म्यूज़िक इन्स्टिट्यूट है। अब रोज माँ के हाथ का खाना मिलेगा और मेरे देर से सोने पर बाबूजी की डाँट।"

आज...

मुस्कुराहट और आँसुओं का ये अद्भुत मेल, निशब्द ही इन्सान के मन की खुशी का स्तर बयान कर देता है।

3

आस्था

आज भी मुरली मंदिर के बाहर बैठे भिखारियों को खाना दे रहा था, तभी एक बाबा ने कहा, "बेटा तुम कुछ दिनों से रोज़ हमारे लिए खाना लाते हो, पहले तो तुम सिर्फ भगवान के दर्शन करने आते थे।"

मुरली ने कहा, "बाबा एक दिन मैं अपने हाथों से गाजर का हलवा बनाकर भगवान को भोग लगाने लाया। पुजारी जी ने हलवा जैसे ही अपने हाथ में लिया, वहाँ एक सेठ चाँदी की थाली में कई तरह की मिठाई लेकर आए। पुजारी जी का ध्यान भी उनकी तरफ चला गया और उन्होंने हलवा छोड़, उनकी थाली भोग लगाने को उठा ली। मेरा मन उदास हो गया और मैं भगवान को प्रणाम कर, अपना हलवा ले कर मंदिर से बाहर चल दिया। मैं सिढ़िया उतर ही रहा था कि एक बच्चा मुझसे टकराया, वो बहुत ज़ोर से रो रहा था। पीछे ही उसकी माँ आ गई और बोली, 'बेटा मुझसे नाराज़ मत हो।'

मैंने पूछा, 'ये क्यों रो रहा है?'

उन्होंने कहा "भैया हम बहुत गरीब हैं, ये जो मंदिर के पीछे मरम्मत का काम चल रहा है ना, मैं वहीं मजदूरी करती हूँ। मेरा बेटा बहुत समझदार है, कभी कोई ज़िद नहीं करता, लेकिन ना जाने आज इसे क्या हो गया है। ये मुझसे गाजर का हलवा माँग रहा है, अब आप ही बताओ मैं क्या करूँ?"

मैंने मुड़ कर एक बार फिर भगवान को प्रणाम किया और हलवे का डब्बा उस बच्चे को दे दिया।"

बाबा ने मेरे सिर पर हाथ रखा और बोले, "बेटा भगवान तो हर पल हमारे साथ हैं।"

4

क्रिकेट

आज रोहन बहुत खुश है, उसका क्रिकेट मैच जो है। इस दिन के लिए वो पिछले दस महीनों से मेहनत कर रहा है। उसका सोना-जागना, खाना-पीना, सब कुछ क्रिकेट के हिसाब से चल रहा है। इस मैच पर निर्भर करता है उसका इन्डियन टीम में सलेक्शन।

माँ ने पूछा, "बेटा तू तैयार हो गया, मैच कितने बजे हैं। हमें कब निकलना होगा?"

रोहन जो बहुत जल्दी में था अचानक ठहर गया। "माँ क्या तुम आज मेरा मैच देखने आओगी?"

रोहन की आँखों में एक उम्मीद थी।

"माँ आज से पहले तुमने कभी हाँ नहीं कहा, ऐसा क्यूँ ..."

"बेटा ये तेरा बचपन का सपना है। मैं डरती थी कहीं तेरी कोई कमी देखकर मैं घबरा न जाऊँ और तेरा मनोबल टूट न जाए, लेकिन अब मुझे विश्वास है तेरी मेहनत पर और तेरे होंसले पर।"

मैच शुरू होते ही माँ ने अपने भगवान से बातचीत शुरू कर दी। कह तो दिया था, लेकिन उसकी घबराहट उसके चेहरे पर दिखाई दे रही थी। रोहन के शानदार खेल पर लोग बार बार चिल्ला रहे थे। माँ भी बहुत खुश थी। मैच खत्म होने पर रोहन की टीम से दो लोगों का सलेक्शन हो गया, लेकिन रोहन का नाम नहीं था।

वो अपनी माँ के पास आया और बोला, "माँ मैं और मेहनत करूंगा।"

माँ ने उसे गले से लगा लिया और कहा, "जल्दी चल बेटा, आज बाहर ही खाना खाएंगे, बहुत भूख लगी है।"

और दोनों चल दिए। तभी पीछे से एक आवाज़ ने दोनों के कदम रोक दिए। "रोहन! मैं धीरज, सलेक्शन टीम का हेड। हमारी टीम ने डिसाईड किया है कि अगर आप चाहें तो इन्डियन टीम के असिसटेन्ट कोच बन सकते हैं।"

रोहन और उसकी माँ ने आसमान की तरफ देखा और एक बार फिर माँ ने अपने बेटे को गले से लगा लिया।

5

चाँद

आज नींद नहीं आ रही थी, बाहर देखा तो चाँद भी जाग रहा था।

टहनियों के बीच से झांक कर मुझसे बातें करने लगा। "पहले मैं यूँ अकेला नहीं होता था, सब लोग छत पर सोया करते थे। मैं भी कभी नानी की कहानी सुनता तो कभी दादी के पास जा बैठता।

कई बार अपनी ही कहानी सुनने में बड़ा मजा आता था, जब कोई बच्चा चँदा मामा कहता तो उसे गले लगाने को मन करता था ।

एक दिन एक चारपाई के नीचे दो बच्चों को खेलते देखा, मेरी रोशनी में वो अपने खिलौनों से खेल रहे थे। कच्ची गाजर में चीनी मिला कर हलवा बनाया, कच्ची मटर की सब्जी और बिना तली पूरियाँ और हो गई दादी की थाली तैयार। अब माँ और पिताजी भी अपना काम खत्म कर छत पर आ गए और उनकी थाली भी परोस दी गई।

हर रात एक त्योहार सा लगता था। आज भी हर छत पर जाता हूँ मैं, उन्हीं रातों की तलाश में ..."

6

सफ़र

आज सुबह से ही बारिश हो रही है, लेकिन ध्रुव को जाना ही पड़ेगा क्योंकि कल ऑफ़िस पहुँचना है। अपनी बहन से फिर जल्दी मिलने आने का वादा कर, वो चल पड़ा। दस घन्टे का सफ़र करना थोड़ा मुश्किल तो है, अब अँधेरा होने लगा था, साथ लाए पराठे भी चाय की फ़रमाइश कर रहे थे। और एक चाय वाला दिख गया।

"बाबूजी मेरी जैसी चाय आपने कभी नहीं पी होगी!"

ध्रुव ने दो परांठे उसे भी दिए और कहा, "तुमने भी ऐसे पराठे कभी नहीं खाए होंगे।"

और दोनों ने एक दूसरे का अकेलापन नकार दिया।

फिर चाय से पराठे को मिलाने का वादा करके ध्रुव आगे बढ़ा। बारिश की चादर के उस पार देखना अब मुश्किल हो रहा था। तभी गाड़ी ने भी आराम करने की ठान ली। अचानक गाड़ी की खराबी से ध्रुव परेशान हो गया।

खुशकिस्मती से,थोड़ी दूर एक लाईट दिखाई दी।

"अगर रिया ने छतरी न दी होती तो..." ये कह कर ध्रुव लाईट की ओर बड़ा।

"अरे भाई ज़रा मेरी गाड़ी देख लोगे?"

"साहब मैं तो सिर्फ़ पन्कचर लगाता हूँ, चलो कोशिश करता हूँ।"

ध्रुव ने कहा, "क्या कोई और मैकेनिक नहीं है?"

"अरे साहब यहाँ २० km इधर उधर तक सिर्फ मेरा ही खोखा है, न आदमी न आदमी की ज़ात।"

"और वो चाय वाला..."

"अच्छा वो आपको भी दिखा, बीस साल हो गए उसे...लो साहब हो गई स्टार्ट।"

ध्रुव ने यू टर्न लिया और चाय वाले की तरफ बढ़ा, अचानक गाड़ी रोकी और कहा, "तुम तो..."

"नहीं साहब वो झूठ कहता है। उसे तो बीस साल हो गए..."

7

फ्रूट केक

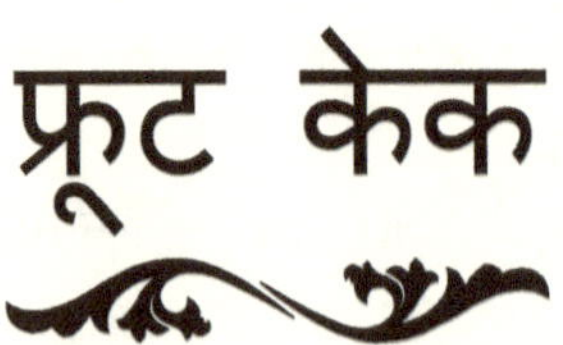

आज सुबह, काका चाय और फ्रूट केक ले आए। मेरा चौंकना स्वाभाविक था, क्योंकि काका हमेशा कहते हैं, ब्रैड, केक, इन सब से अच्छा है कि आप परांठा खा लो।

ख़ैर फ्रूट केक एक लम्बे समय के बाद खाया और हॉस्टल की वो रात याद आ गई।उस दिन हम चारों दोस्त देर रात तक पढ़ रहे थे, एग्ज़ामस को दो ही दिन बचे थे।

अचानक लक्ष्य ने कहा, "यार ये भूख मुझे पढ़ने नहीं देती और तुम लोग कहते हो पढ़ाई में ध्यान लगा। माँ ने जो लड्डू भेजे थे वो भी तुम सबने गायब कर दिए। मैं जा रहा हूँ!"

"अरे कहाँ!"

"भूख के खिलाफ जंग जीतने"

हम सब डर गए, ये आज मरवाएगा, सर बिल्कुल नहीं छोड़ेंगे। दस बजे के बाद कैन्टीन के आस पास भी जाना मतलब...

लेकिन दोस्ती, उसके भी कुछ अलग ही अंदाज़ होते हैं। जैसे ही एक वॉचमैन दूसरी तरफ गया, बस दूसरे की टार्च हमें पकड़े, उससे पहले ही हमने श्री को कैनटीन की खिड़की से अन्दर फ़ेंक दिया। उसकी तंदरुस्ती ने ही उसे फसाया था।

"अब यहाँ तो सिर्फ फ्रूट केक रखा है!"

"हाँ ले आ, बुफ़े कल लगेगा!"

"यार तुम भी...एक पेकेट दूध भी है, उठा लूँ?"

बस रूम पे बनी वो चाय और साथ में फ्रूट केक, शायद वो मज़ा किसी सेवन स्टार होटल में भी नहीं। कितने ही शेरलॉक होम्स आए और गए लेकिन आज तक, फ्रूट केक मिस्ट्री कोई सुलझा नहीं सका।

8

रागिनी

आज सुबह से ही रागिनी कुछ परेशान लग रही है, उसके मन का तूफ़ान चहरे को भिगो रहा था।

"माँ आज तुम मुझे जगाने नहीं आई?"

"अरे बेटा तू उठ गई? ज़रा देख तो ये बाँसुरी की आवाज़ कहाँ से आ रही है।"

"अरे माँ कोई बजा रहा होगा कहीं..."

"मुझे जानना है! सुना नहीं?"

पाँच मिनट का इन्तज़ार भी रागिनी को बेचैन कर रहा था।

तभी आवाज़ आई, "माँ कोई भईया आए हैं पड़ोस के मकान में।"

बात खत्म होने से पहले ही रागिनी अपने बालों को सँवारती साड़ी को संभालती चल पड़ी।

"जी आप कौन?" बांसुरी रोकते हुए नौजवान ने पूछा।

अपना परिचय दिये बिना ही रागिनी ने कहा, "आपने ये धुन कहाँ से सीखी? कैसे हैं गुरूजी?"

"ये धुन मेरे पिताजी की है। मैं कुछ समझ नहीं पा रहा हूँ।"

"वीरेन, मैं रागिनी, आज बारह साल बाद मैंने ये धुन सुनी, तो अपनी अधुरी संगीत शिक्षा के सुरों में खो गई। तुम बहुत छोटे थे जब मेरी शादी हुई, गुरूजी ने कहा था कि बेटी अपनी साधना को विराम नहीं देना। लेकिन... मैं चलती हूँ।"

घर लौटी तो उसके पति दरवाज़े पर खड़े थे, रागिनी के कुछ कहने से पहले ही बोले, "तुमने हमारे लिए खुद को भुला ही दिया। सिर्फ हमारी खुशी में ही खुश रहती हो, क्या हमारे लिए फिर से अपनी संगीत शिक्षा को शुरू करोगी? ये वही धुन है ना जो तुमने शादी से पहले सितार पर सुनाई थी?"

रागिनी ने अपने हँसते हुए ऑंसू पोछ कर, पास खड़े बेटे को गले से लगा लिया।

9

बारिश

आज भी बहुत अच्छा लगता है, बारिश में छतरी लिए एक ऐसी सड़क पर चलना जिसके दोनों तरफ पेड़ हों, और ठन्डी हवा का हमें बाहों में भर लेना। लेकिन जब एक छतरी में तीन दोस्त साथ में, बिना भीगे चलने की कोशिश करें, तो उसका मज़ा कुछ अलग ही होता है।

हम स्कूल से घर लौट रहे थे कि अचानक स्कूल टैक्सी बंद हो गई। ड्राईवर अंकल ने हमें अन्दर ही बैठे रहने को कहा, लेकिन हम सब अपना फ़र्ज़ निभाने गाड़ी से बाहर कूद पड़े।

"अंकल हम सब भी आपकी मदद करेंगे।"

बस ये कह कर हम बारिश के पानी में मेंढक की तरह उछलने लगे। एक दोस्त की छतरी में सिमटने का नाटक कर खूब भीगे और खूब खेले। ड्राईवर अंकल भी हमारी उस मदद से बहुत खुश थे।

थोड़ी ही देर में उन्होंने कहा, "चलो बच्चों तुम्हारी वजह से गाड़ी ठीक हो गई।"

हम कुछ शरमाए गाड़ी में बैठ गए।

उस दिन घर पर पड़ी डाँट से भी ज़्यादा याद है वो मस्ती...बारिश आज भी वही है, लेकिन अब मेंढक कुछ बड़े और समझदार हो गए।

10

पेड़

आज सुबह मैंने अपनी खिड़की से बाहर देखा तो कुछ नामुमकिन सा एहसास हुआ। वही पेड़ जिसे मैं रोज़ देखती हूँ, आज वह मुझे देख रहा था जैसे कुछ कहना चाहता हो।

उसने कहा, "मुझे वो दिन बहुत याद आते हैं जब मेरी ठंडी छाँव के नीचे बैठकर लोग ठहाके लगाया करते थे, बच्चे मेरे चारों ओर भाग भाग कर मुझे अचानक गले लगा लिया करते थे, ऐसा लगता था जैसे मैं भी उन्हीं के खेल का हिस्सा हूँ।

जब मेरी मज़बूत भुजाएँ किसी को झूला झुलाती, तो अपने होने पर बहुत फ़क्र महसूस होता था। कितने ही लंबे सफ़र मैंने अपनी ठंडी छाँव से आसान किए हैं। वो पूरीयाँ, आम का अचार, वाह, वाह! आज भी उनकी खुशबू याद है मुझे।

न जाने कहाँ गए वो दिन जब लोग मुझे देवताओं की तरह पूजा करते थे, मैं जो उन्हें मीठे फल, ताज़ी हवा, और हरियाली देता हूँ। ख़ैर छोड़ो! आजकल तो इन्सानों के लिए ही प्यार नहीं बचा, मैं तो सिर्फ एक पेड़ हूँ। मुझे तो अब इन्सान अपने रास्ते से हटाना चाहता है, बड़ी बड़ी इमारतें जो बनानी हैं।"

मैं बहुत उदास हो रही थी, उसकी बातें सुन कर, कुछ कहना चाहती थी, लेकिन तभी माँ ने कहा, "अरे आज तो मेरी बिटिया बड़ी देर तक सो रही है!"

11

गाइएटी थेयटर

आज सुबह, सुधा आन्टी का फ़ोन आया और उनकी आवाज़ मुझे ले गई शिमला के गाइएटी थियेटर, जहाँ हम पहली बार मिले थे। उस दिन मैं एक प्ले देखने गई थी, और मेरे साथ वाली सीट पर एक महिला बैंठी थी। वो ज़रा से हसने वाले डायलोग पर भी ज़ोर से खिलखिला कर हंसती और मुझे भी हँसी आ जाती। उनके साथ प्ले देखने का कुछ अलग ही मज़ा था।

ब्रेक के दौरान हम एक दूसरे से अनजान नहीं रहे। वो एक बहुत ही दिलचस्प इन्सान लगी। एक अच्छे प्ले को उनके साथ ने यादगार बना दिया। बाहर निकले, तो देखा की बारिश हो रही है। शिमला की लोकल होने के कारण उनके पास छतरी थी, वो मेरी ओर इस तरह बड़ी जैसे मेरा कोई अपना। उन्होंने झट से मुझे अपनी छतरी के अन्दर कर लिया, कहीं मैं भीग न जाऊँ।

कहने लगीं, "बेटे ये शिमला की ठंड है, ज़रा संभल के!"

क्या हम भी अपने बड़ो का ऐसे ही ख्याल रखते हैं? उन्हें इतना ही प्यार देते हैं?

12

मुकुंद और दादी

आज मुकुन्द का आलस जैसे कहीं दूर सैर पर गया है। वो इतनी जल्दी अपना बैग लगा रहा है कि उसके माता पिता अचम्भित हैं। उसे रेलवे स्टेशन पहुंचने की बहुत जल्दी है क्योंकि आज वो सब उसकी दादी के घर, उनके गाँव जा रहे हैं। रेलवे स्टेशन की चहल-पहल देखते ही सब बच्चों की तरह मुकुन्द ने भी अपनी ख्वाहिशों पर से परदा उठा दिया। पहले कई बार खरीदे खिलौनों को भी वह उत्सुकता से देख रहा था और अपने पिता जी की उंगली खींच कर ही बिना कुछ कहे सब कुछ कह रहा था। ट्रेन के चलते ही मुकुन्द अपने ख्यालों में खो गया।

दादी के घर पहुंचते ही उसे एक स्पेशल पावर मिल गई। अब वो कुछ भी कर सकता है, क्योंकि दादी के प्यार का कवच जो मिल गया है। अगले ही दिन वो अपनी दादी के साथ मेला देखने गया । बहुत सी खरीदारी करने के बाद भी उसके नन्हे कदम एक छोटी सी दुकान पर ठहर गए ।

"अरे दादी, ये क्या है?"

दादी ने मुस्कुरा कर कहा, "बेटा ये मिट्टी की गुल्लक है।"

तभी मुकुन्द ने हैरानी से पूछा, "ये कहाँ से खुलती है?"

दादी के ये बताने पर कि इस गुल्लक को तोड़ कर ही पैसे निकलते हैं, मुकुन्द का आकर्षण गुल्लक की तरफ बढ़ गया। घर पहुंचते ही उसने सबसे पहले अपनी गुल्लक ही दिखाई । अब सबने खूब मोज मस्ती की

और इन दस दिनों को जैसे पंख लग गए। आज मुकुन्द अपनी दादी से फिर साथ चलने की ज़िद कर रहा है, और वो हर बार की तरह अपने आँसू छिपाए, उसे समझा रही हैं कि जब उसके पिताजी बड़ा घर लेंगे तब वे उनके साथ ही रहेंगी।

आज मुकुन्द को वापस आए तीन महीने हो गए हैं, लेकिन बड़ा घर लेने का सवाल वो हर सुबह अपने पिताजी से पूछता है। इस तरह एक साल बीत गया और स्कूल की छुट्टियाँ भी हो गईं, और फिर आ गया दादी के गाँव जाने का दिन, मुकुन्द ने कमरे का दरवाज़ा बंद कर लिया और जल्दी-जल्दी तैयारी शुरू कर दी। अचानक एक ज़ोर की आवाज़ सुनकर उसके माता पिता ने दरवाज़ा खोला तो वो हैरान रह गए।

मुकुंद ने अपनी टूटी हुई गुल्लक से पैसे निकालकर, अपने पिताजी के हाथ में रखते हुए कहा, "पिताजी, अब तो हम बड़ा घर ले सकते हैं।"

उसके पिताजी और माताजी ने नम आँखों से मुकुन्द को गले लगा लिया और वादा करते हुए बोले, "बेटा,अब तुम और दादी हमेशा साथ रहोगे।"

13

इमरती देवी के मटके

आज भी जोधपुर की गर्मी को हराने वाले इमरती देवी के हाथ से बने मिट्टी के मटके दूर दूर तक मशहूर हैं। कहते हैं इन मटकों के पानी की खुशबू और स्वाद की बात कुछ अलग ही है।

इमरती देवी ने अपने बेटे को जल्दी तैयार होने को कहा, क्योंकि जिस गाँव में आज मटके पहुंचाने हैं वो थोड़ा दूर है।

श्याम ने कहा, "माँ लौटते हुए देर हो जाएगी, रोटी थोड़ी ज़्यादा रख लेना।"

"ठीक है बेटा, आज मैंने तेरे लिए सींगरे की सबज़ी में अम्बी भी डाली है। लेकिन तुझे याद है बेटा, पिछली बार तेरी मामी ने कहा था कि अगली बार एक हफ़्ता ठहर कर ही वापस जाना।"

"अरे हाँ ! मैं तो भूल ही गया था कि हम मामा के गाँव ही तो जा रहे हैं।"

लेकिन उन्हें वहाँ एक हफ़्ते की जगह दस दिन लग गए।

घर लौटने पर इमरती देवी ने अपने बेटे के सिर पर हाथ फेरते हुए कहा, "बेटा आज बहुत काम करना है सारे मटके ख़त्म हो गए हैं।"

लेकिन अचानक मटके बनाने वाले चाक के पास पहुंचते ही उनके पाँव रुक गए। उस चाक के नीचे एक कबूतरी अपने बहुत छोटे बच्चों के साथ बैठी थी।

माँ ने श्याम से कहा "बेटा अब और दस दिन बाद ही मटके बनेंगे!" और दोनों हँसने लगे।

कुछ देर बाद, इमरती देवी ने श्याम को गाँव के दुकानदार के पास जाने को कहा क्योंकि दस दिन पहले जब वो मटके बेचने जा रहे थे, तब साहुकार ने उन्हें अपना गुड़ बेचने को कहा था । वो जानता था कि इमरती देवी की लोकप्रियता उसे बहुत मुनाफ़ा करवा सकती है। लेकिन तब मटके बहुत होने के कारण, माँ बेटे ने उसकी बात को अनसुना कर दिया था। लेकिन आज इमरती देवी और साहुकार दोनों की बात बन गई थी । लोगों को गुड़ बहुत पसन्द आने लगा क्योंकि ईमरती देवी गुड़ की उत्तमता का ध्यान खुद रखती थीं ।अब उनको मटके बनाने की ज़रूरत ही नहीं पड़ती थी । अच्छाई कभी व्यर्थ नहीं जाती, ये बात हम सबने अपने बुज़ुर्गों से सुनी है!

कविताएं...

14

श्री गणेश उत्सव

शंखनाद श्री गणेश उत्सव का,
मन में भर देता है सुनहरी उमंग।
स्वागत में अब त्योहारों के,
मन झूमा है मानो हो आकाश में उड़ती पतंग।
अपने चंचल अरमानों को चलो जोड़ें उन अरमानों के संग,
जिनके सच होने के सपने भी हर बार रह गए बेरंग।
कुछ बात पुरानी लगती है,
नानी दादी ये कहती थी।
खुशियाँ बाँटो तो बड़ती हैं,
"मैं" तक रखो तो घटती हैं।
आओ मिलकर इस बार भरें उन अरमानों में रंग नए,
अंधियारे में जो बैठे हैं,
मिट जाने का फरमान लिए।

15

माँ

माँ! कुछ कहने से पहले ही हमें समझ जाती है।
तारीफ हमारी हो अगर, तो वो इतराती है,
हमारी खुशियों में ही खुश हो जाती है।
खुद को जैसे भूल ही गई है,
हमारे मन से उसकी हर बात जुड़ गई है।
अपने सपने भी हमारे सपनों से जोड़ दिए हैं,
अपनी मंज़िल के रास्ते हमारे रास्तों पर मोड़ दिए हैं।
समर्पण और प्यार माँ के नाम लगते हैं,
उसी के लिए खास हैं हम वरना दुनिया को तो आम लगते हैं।

16

भारत माता ने पूछा है...

भारत माता ने पूछा है वो देश के प्यारे कहाँ गए,
जो जान लुटाते थे मुझ पर वो लाल बहादुर कहाँ गए।
सीने पर गोली खाकर भी दुश्मन को मार गिराते थे,
मिट्टी का तिलक लगाते थे ,भारत के प्यारे कहाँ गए।
भूले थे अपनी माओं को वो मेरी आन बचाने को ,
हँसते हँसते मरने वाले सुखदेव आज़ाद कहाँ गए।
उनकी यादों को सीने में अब भी संजो कर बैठी हूँ,
उम्मीद का दामन थामा है, वो लौटके वापस आएंगे।
मेरी आँखों के तारे हैं , वो मुझको भूल न पाएंगे।
वन्देमातरम!

www.ingramcontent.com/pod-product-compliance
Lightning Source LLC
Chambersburg PA
CBHW020656160726
47991CB00003B/1214